PAUL VERLAINE

MES PRISONS

PARIS
LÉON VANIER, LIBRAIRE-ÉDITEUR
19, QUAI SAINT-MICHEL, 19

1893

MES PRISONS

Librairie LÉON VANIER, 19, quai Saint-Michel, Paris

Envoi franco contre timbres-poste ou mandat.

ŒUVRES DE PAUL VERLAINE

VERS

POÈMES SATURNIENS, 3e édit. . . . . 3 fr.
LA BONNE CHANSON, 2e édit 3
FÊTES GALANTES, 3e édit . . . . 3 »
ROMANCES SANS PAROLES, 3e édit . . . . 3 »
SAGESSE, 3e édit. 3 50
JADIS ET NAGUÈRE, 2e édit . . . . 3 »
AMOUR, 2e édit 3 50
(Exemp. sur hollande, 1re édit.) . . . . 6 »
PARALLELEMENT, 2e édit . . . . 3 »
BONHEUR. 3 50
(Exemp. sur hollande.) . . . . 7 »
CHANSONS POUR ELLE. . . . . 3 »
(Exemp. sur japon avec une poésie autographe de l'auteur.). . 10 »
LITURGIES INTIMES. 3 »
ODES EN SON HONNEUR . . . . 3 »
(Exemp. sur japon avec pièce autographe et portrait ajouté.) 10 »
ÉLÉGIES . . . . 3 »
(Exemp. sur japon avec pièce autographe et portrait ajouté.) 10 »

EN PRÉPARATION

INVECTIVES. — DÉDICACES — DANS LES LIMBES.

PROSE

LES POÈTES MAUDITS 3 50
LOUISE LECLERCQ 3 50
(Tirage sur hollande.). . . . . 8 »
MÉMOIRES D'UN VEUF 3 50
(Tirage sur hollande.) . . . . 8 »
MES HOPITAUX. . . . . 3 »
(Tirage sur hollande.) . . . . 6 »
26 BIOGRAPHIES de poètes et littérateurs publiées dans les *Hommes d'aujourd'hui* 2 60
MES PRISONS. . . . . 3 »
(Tirage sur japon avec autographe et portrait de l'auteur.). 10

THÉATRE

LES UNS ET LES AUTRES, comédie en 1 acte en vers . . . . 2 »

ALBUM DE VERS ET DE PROSE ANTHOLOGIE 0 15

CHARLES MORICE

PAUL VERLAINE, L'HOMME ET L'ŒUVRE, étude littéraire avec un curieux portrait. . . . . 2 »

PAUL VERLAINE

MES
PRISONS

PARIS
LÉON VANIER, LIBRAIRE-ÉDITEUR
19, QUAI SAINT-MICHEL, 19

1893

MES PRISONS

I

Rue Chaptal. Presque au coin de la rue Blanche, à droite en venant de Notre-Dame de Lorette. Une grille monumentale sur une cour pavée, menant au réfectoire de la pension L... A main droite, une petite porte donnant accès à l'intérieur de l'établissement, aux côtés de laquelle, accrochés, deux panneaux noirs portaient en lettres d'or les sciences et arts divers enseignés dans l'établissement. Un immense mur avec des défenses interminablement longues, en lourds caractères officiels à demi effacés par les intempéries, d'afficher et de déposer des ordures, en vertu de telles et telles lois de telles années déjà très anciennes, et, derrière, le dépassant d'à peu près un mètre et demi, les constructions basses des études et des dortoirs.

Tout cela disparu depuis cinq ou six ans pour

faire place, bien entendu, à de *belles* maisons de rapport à des trente-six étages au-dessus de l'entresol.

C'était là qu'il y a trop longtemps je commençais mes « études » après avoir achevé d'apprendre à lire, à écrire — et à compter (mal) dans une petite classe élémentaire...

J'étais en septième au lycée Bonaparte où la pension nous conduisait deux fois par jour; mais comme je me trouvais en retard, vu quelque fièvre muqueuse que j'avais eue, on me donnait des répétitions, et c'était le maître de pension, le père L... qui nous inculquait, car nous étions plusieurs, dont quelques cancres — desquels pas encore moi — les principes de la latinité, non sans une extrême patience parfois, tout de même, en défaut, témoin ce qui va brièvement suivre.

Rosa, la rose, n'avait plus que peu de mystères pour moi. *Puer bonus*, *mater bona*..., *pensum bonum*, non plus. J'avais franchi, non sans encombres, cette passe dangereuse du *qui*, *quæ*, *quod*, et, en attendant l'affre déjà soupçonnée de ce « *que* retranché ! » non moins que les écueils d'une heureusement encore lointaine syntaxe, j'en étais à la seconde conjugaison des verbes actifs.

C'est de *legere* qu'il retournait un certain jour.

J'ai encore présent le théâtre de ces matinées plutôt ennuyeuses en somme pour des gamins à peine sevrés de papa et de maman. Un cabinet garni d'un vaste bureau, d'une chaise-fauteuil, dossier d'acajou, siège de cuir, d'un banc et d'une table percée de trous où des encriers en plomb à l'usage des « élèves » que nous étions. De temps en temps la leçon se trouvait interrompue par l'entrée d'un tambour de la Garde Nationale, bonnet de police noir à bordures quadrillées et à gland rouge et blanc, venant déposer quelque rapport au bas duquel notre maître, capitaine adjudant-major, mettait sa signature, et, disparaissant dans le salut militaire auquel le père L... répondait en soulevant sa calotte de velours ramagée de soie bleue.

Ce jour-là :

— Verlaine, conjuguez *legere*.

— *Lego ;* je lis, *legis*, tu lis, etc.

— Bien. L'imparfait ?

— *Legebam*, je lisais, etc.

— Parfait. Le prétérit ?

Moi tout frais émoulu de la première conjugaison.

— *Legavi*.

— *Legavi ?*

« *Lexi* », me souffla un de mes camarades, plus « fort » que moi, de la meilleure foi du monde.

Moi, sûr de mon fait :

— *Lexi*, m'sieu.

— *Legavi ! Lexi !* hurla littéralement le patron, dressé sur ses chaussons à talons, pourpre, presque écumant, tandis que sa robe de chambre bleu-marine à doublure capitonnée rouge flottait autour de ses assez maigres jambes atteintes de vagues rhumatismes, et qu'un trousseau de clefs vigoureusement lancé allait frapper le mur à gauche de ma tête prise à deux mains et renfoncée dans mes épaules, tôt suivi d'un dictionnaire de Noël et Quicherat, presque un Bottin, qui vint s'écrabouiller à droite de ma tête sur le mur en question. Une double maladresse sans doute intentionnelle après tout.

Et après quelques pas trépidants de male rage peut-être sincère.

— Au cachot, monsieur !

Un timbre fut sonné et le *cuistre* (lisez le garçon de cour, un peu à tout faire : on l'appelait familièrement *Suce-mèche*, à cause des lampes qu'il allumait pour l'étude du soir) apparut.

— Conduisez ce paresseux au cachot.

Et m'y voici au « cachot », muni de *legere* à

copier dix fois avec le français en regard. Un cachot d'ailleurs sortable, lumineux, sans rats ni souris, sans verrous (un tour de clef avait suffi), de quoi s'asseoir, et, — moindre chance — de quoi écrire, et d'où je sortis au bout de deux petites heures, probablement aussi savant qu'auparavant, mais à coup sûr plein d'appétit, tôt assouvi, d'amour de la liberté (la bonne, qui est l'indépendance) et qui sait ? de cet esprit, vraisemblable, d'aventure, qui, trop débridé, m'aura jeté dans les casse-cou d'un peu tous les genres !

Quelles impressions furent miennes dans cette miniature de captivité ? Je ne saurais naturellement bien les préciser en ce moment de mon âge mûr, déjà ! après tant d'années et tant d'un peu plus sérieux verrous sur ma liberté d'homme pour telles et telles causes au nombre desquelles faut-il compter précisément l'abus de la conjugaison en question plus haut, et l'humble anecdote que je viens de rapporter ne serait-elle par hasard qu'un symbole ? Ne constituait-elle pas, à l'époque, comme l'annonce et le pressentiment de malheurs dus à LA LECTURE ? Estampillait-elle déjà mon enfance du mot fatidique de ce détestable si savoureux Vallès : « Victime du Livre », en bon latin cette fois : *Legi ?*

II

« *Or ceci se passait...* »

en 1870, au mois de décembre. J'étais garde national au 160e bataillon, secteur je ne sais plus quantième, vers Montrouge et Vanves. De plus, je remplissais depuis déjà longtemps les fonctions d'expéditionnaire à la Préfecture de la Seine, emploi qui m'eût exempté de tout service « militaire », n'eût été mon patriotisme (un peu *patrouillotte*, entre nous, cas, en ces temps de fièvre obsidionale, de plusieurs d'entre les Parisiens, d'ailleurs). Quelque amour de l'uniforme — de quel uniforme ! — et un peu de curiosité, aussi, me poussaient. Bref, le Rempart et le Bureau alternaient plus ou moins agréablement dans ma vie assez confortable d'alors (*Quantum mutata !*). Journée de bureau impliquait pour moi nuit de jeune ménage; tour de rempart comportait du sommeil à la dure, — excellente condition pour ne pas s'aguerrir ès travaux de Mars. Aussi le premier feu jeté, bien savourée la joie de porter le képi de fantaisie et de manier le flingot à tabatière, le Bureau, tant honni aux jours pacifiques de cet « infâme » second Empire, me parut, en dépit de la sainte République tant, appêtée obtenue, et du danger couru par une patrie pour laquelle ma bonne volonté de « pantouflard » ne pouvait que vraiment trop peu, le Bureau finit par l'emporter dans mes préférences sur le Rempart, ses parties de bouchon dans la neige, son froid aux pieds, et cet ennui ! Et je négligeai quelque peu mon service et ses inconvénients pour mon emploi et ses compensations, conduite qui me valut bientôt la visite de mon caporal, un brave petit cordonnier de la rue Cardinal-Lemoine ; l'excellent garçon m'apportait un ordre de me rendre à la prison du secteur pour deux jours et deux nuits. J'accueillis le caporal très cordialement mais l'ordre mal, et refusai de suivre le premier. Le lendemain, celui-ci sonnait de nouveau chez moi, convoyeur encore de celui-là doublé.

Résister n'était plus de mise, et, dûment emmitouflé d'un passe-montagne, de moufles, « couverte » en bandoulière, bidon plein, muni en outre d'une terrine de pâté de perdreaux (!) par ma femme (*quantum*, celle-là, aussi, *mutata !*), je m'acheminai, flanqué de mon supérieur, vers le poste, aujourd'hui démoli pour faire place aux bâtiments d'école de l'avenue d'Orléans, tout contre la chapelle Bréa, restée debout et servant de paroisse auxiliaire au quartier, — lieu de détention devenu depuis odieusement célèbre par le massacre par Serizier, en mai 1871, des Pères dominicains d'Arcueil.

Nous arrivâmes environ deux heures après notre assez matinal départ de chez moi, car nous nous étions arrêtés chez de vagues camarades de bataillon un peu marchands de vins, et entre autres stations, à l'entrepôt, tout voisin, des Vins, où d'autres camarades, employés là, nous régalèrent « aux frais de la Princesse » en me souhaitant bon courage pendant ma « captivité ».

Il y avait un greffe où quelques sous-officiers de l'armée citoyenne procédèrent à mon écrou, et une sorte d'immense hangar qui eût été une grange qui eût été l'atelier d'une tribu de peintres ou de sculpteurs en gros, prenant jour d'en haut par un vitrage démesuré mal joint, sommairement meublé de lits de camp tout autour d'un poêle entretenu du dehors et d'un « cabinet » dans un coin, où le *Jules* traditionnel sommeillait, utile et mal odorant.

J'entrai dans cette gigantesque salle de police où une trentaine, au bas mot, de prisonniers, képis et vareuses, causaient et chantaient, fumaient et jouaient, dominos, dames et échecs — ou les cartes! en un mot menaient un train des moins maussades... pour eux-mêmes... Le poêle faisait rage, le vitrage aussi, et c'était une touffeur dans les bises, trop efficaces véhicules de bronchites prochaines et de rhumatismes à l'horizon, dont j'attrapai ma juste part rétributive aux temps voulus. La connaissance entre mes compagnons et moi fut vite faite, grâce à une humeur spécialement communicative et relativement toute ronde que j'ai. La grande majorité, disons la totalité de mes compagnons, se composait d'ouvriers affalés là pour menues fautes contre la discipline, du genre de la mienne (dans toute garde nationale bien entendue, la discipline, vous savez... et puis, c'est le cas de le dire... à rebours : « A la guerre comme à la guerre! »). Le plus « attigé » d'entre ces braves s'appelait Chinchole, tout comme l'illustre reporter, déjà connu à cette lointaine époque, et même ce nom me frappa, — à preuve! C'était un peintre en bâtiment, beau parleur, virtuose de la romance et de la scie, le boute-en-train du lieu. Son cas, un mois, provenait précisément de ce tour d'esprit, et quelque intempérance de langue vis-à-vis de quelque observation lui avait attiré ces foudres, dont il ne paraissait d'ailleurs pas plus affecté que cela. O le plaisant garçon, plein, aussi bien, de jugeotte, et qui s'emballait mal sur l'article « sortie torrentielle », et manifestant peu d'enthousiasme pour « le Truc » au pouvoir. Et quel débrouillard! Du dehors, par la complicité achetée, grâce à ses ruses et à sa faconde (en parisien, *jactance*), des factionnaires successifs, c'était, chez nous, à travers l'espace occupé au passage du tuyau du poêle à sa naissance, des arrivages de gouttes et d'apéritifs de tout acabit, activement expédiés, croyez-le. Le soir venu, chacun, enveloppé de sa couverte, s'étendait sur la planche, et des histoires, cric-crac! des contes où les femmes et le clergé tenaient le rôle prépondérant, défilaient en longs récits parfois amusants, permettant au sommeil de ne pas venir trop tôt. De temps en temps un obus venu de Châtillon ou d'ailleurs sifflait au-dessus du vitrage, aboyait, hennissait, et s'allait épater plus loin, « dans le tas ». J'avouerai ici à ma honte que je profitai de l'ombre et du repos des deux nuits passées dans ces fers et sur cette paille, pour manger, que dis-je ? déguster, savourer le bienheureux pâté de perdreaux, en cachette, *en suisse*. Tiens, eux, les autres à ma place !...

On parlait parfois politique, et c'est une chose qui me frappa d'autant plus qu'à cette période de mon existence si contradictoire, apparemment au moins, j'étais d'une nuance révolutionnaire des plus foncées, hébertiste, babouviste, que sais-je ? — que l'extrême modération légèrement sceptique et blagueuse, aussi bien, de tous ces dignes travailleurs dont la plupart, je le crains, durent, cinq mois plus tard, expier le coup de soleil de la Commune, exaspérant leur bon sens initial en une insurrection juste, après tout, en principe.

Dans ces conditions, acceptables en somme, mes quarante-huit heures se passèrent vite, et ce fut sans peine, mais en toute sympathie, que je me séparai du citoyen Chincholle, sorte de Doyen de la Maréchaussée (rappelez-vous Dickens et la *Petite Dorrit*) et de ses en quelque sorte subordonnés, qui m'escortèrent jusqu'à la porte, selon l'usage, d'un vigoureux et retentissant :

Tu t'en vas et tu nous quittes.
Tu nous quittes et tu t'en vas !

Au retour dans mes pénates, on m'accueillit, comme de juste, gentiment, sans oublier de demander comment j'avais trouvé le pâté de perdreaux. A quoi ayant, moi, répondu : « Délicieux ! comme c'est gentil d'avoir... », il me fut répliqué :

— « J'avais, en effet, toujours entendu dire que le rat était une viande des plus friandes. »

III

UNE... MANQUÉE

Le regretté Arthur Rimbaud et moi, férus d'une male rage de voyage, partîmes par un beau jour, si je ne me trompe, de juillet 187..., pour A..., où j'avais fait et devais faire depuis de nombreux séjours en famille, et d'autres. Ville curieuse, maisons espagnoles du bon XVIIe siècle et quelques monuments dont le plus bel hôtel de ville gothique de France, caserne et couvent, cloches et tambours. Nul commerce et peu d'industrie. Quelques richards confinés derrière les hautes fenêtres à volets blancs de leurs petits hôtels à beaux jardins. La population, aisée ou pauvre, casanière, mais de bonne composition.

Nous nous mîmes dans le train vers dix heures du soir et arrivâmes au jour. Le tour de la ville fut vite fait, ces places fortes sont resserrées, et en attendant que fussent levées les personnes susceptibles de nous accueillir amicalement sans trop de dérangement pour elles, nous résolûmes d'aller déjeuner au buffet de la gare où nous prîmes préalablement chacun un ou plusieurs apéritifs... en causant de choses et d'autres. Rimbaud, malgré son extraordinairement précoce sérieux qui allait quelquefois jusqu'à de la maussaderie traversée par foucades d'assez macabres ou de très particulières fantaisies et, moi, resté gamin en dépit de mes vingt-six ans sonnés, avions ce jour-là l'esprit tourné au comique lugubre, et, cabrionesques, n'allâmes-nous pas nous aviser de vouloir « épater » les quelques « bonnes têtes » de voyageurs là consommant bouillons, pains fourrés et galantines arrosés de vin d'Algérie trop cher ! Parmi les types présents se trouvait à droite, je m'en souviens encore, sur notre banquette, à peu de distance, un bonhomme presque vieux, médiocrement mis, un chapeau de paille défraîchi sur une tête plutôt à claques rasée, niaise et sournoise, suçotant un cigare d'un sou en humotant une chope à dix centimes, toussant et graillonnant, qui prêtait à notre conversation une attention encore moins bête que malveillante. Je le signalai à Rimbaud qui se mit à rire, comme ça lui arrivait souvent, à la muette, en sourdine. O l'affreuse apparition, qui s'évanouit soudain (comme par magie, des chaussons *en voisin* et notre distraction aidant, pour être de bon compte et ne verser point dans le fantastique à la mode). Nous avions causé d'assassinat, de vol, comme *personnellement* et dans de truculents détails, on eût dit plus encore qu'oculaires, et continuions sur le thème une fois donné, comme il arrive, — quand surgirent en quelque sorte devant nous, comme poussés là *subito*, deux gendarmes du plus positif acabit, eux, qui nous invitèrent sommairement à les suivre.

Nous suivîmes, comme dû, les représentants, d'ailleurs respectés, d'une autorité que nous nous permîmes néanmoins de trouver un peu bien pressée d'avoir affaire à nous, *si nullement* répréhensibles. Enfin ! et nous franchîmes, après un bon ou plutôt mauvais quart d'heure de marche dans d'étroites rues maraîchères, les trois ou quatre marches d'une entrée latérale de l'Hôtel de Ville, où, je ne sais pourquoi ni comment, siégeait le chef du Parquet du ressort, dans un cabinet précédé d'une antichambre où nous dûmes attendre quelque peu. Très bien, cette entrée latérale. Voûte cintrée, pierre grise et bois noir avec pendentifs assortis. Des gardes nationaux (c'était si peu après la guerre et avant la suppression de cette milice-là) montaient la garde, à peu près vêtus, mais plus cossument que nous, les paquets-de-couenne du siège de Paris ; des « agents de ville », ils sont partout les mêmes, à quelques détails d'uniforme près, circulaient indolemment, comme chez eux, au fait... Rimbaud, après m'avoir fait signe, entama une partie de sanglots, qui devait attendrir et attendrit nos bons garçons de gendarmes (ils ne sont pas tous aussi aimables non plus que très sensés d'aucunes fois, même à travers leur irresponsabilité) en attendant l'effet sur M. le Procureur de la République. Ce fut lui qu'on appela le premier, et il ressortit bientôt de l'important cabinet les yeux moites encore et avec un clin d'œil comme d'alarme à mon adresse. Je pénétrai à mon tour chez le premier magistrat *debout* de l'endroit, lequel, assis dans un rond de cuir où il semblait plutôt vissé, m'interrogea, coupant cette formalité de pas mal rogues observations sur la tenue de mon pantalon blanc un peu terni, de fait, par la poussière du voyage, en outre de quelque usage préalable et subséquent. Quelques objurgations furent ensuite mâchonnées : « Une exécution vient d'avoir lieu à A... Regrettables, ces conversations topiques (*sic*) en un endroit public et dans de telles conjonctures... Peuvent donner prise à des soupçons *peut-être* justes... A preuve... Vous voyez... Après tout, qu'est-ce que vous veniez faire ici ? Avec ce jeune homme qui semble d'ailleurs convenable et respectueux de la justice ? Mais encore une fois, que veniez-vous faire ici ? Mis ainsi tous deux, et sans bagages, n'est-ce pas ?... Oui... Eh bien ? vous voyez. »

J'expliquai mon cas, fantaisie, promenade en compagnie d'un ami, — ce, nettement, assez carrément même. J'étais plus républicain qu'à présent, je sortais d'être un peu communard, et j'avais le verbe passablement haut. Après références en ville données, « papiers » montrés, lettres, passeports, billets de banque (ô Temps, suspends ton vol !), j'ajoutai que j'étais Messin, que j'avais à opter entre la France et l'Allemagne, et que, ma foi ! maintenant, j'hésitais, vrai ! en présence de cette arrestation ar-bi-trai-re, etc., etc. (M. le Procureur, — à présent, M. le Président, pourrait témoigner de la véracité de tout ce récit.)

Après un peu de silence orageux, un coup de timbre du magistrat, figure à favoris, jeune encore, le cheveu brun et frisé et de précoces lunettes, fit entrer les gendarmes auxquels il fut

2.

dit : « Vous reconduirez ces individus à la gare, d'où ils devront partir par le premier train pour Paris. » J'objectai que nous n'avions pas déjeuné. « Vous les conduirez déjeuner, mais qu'ils partent aussitôt, et ne les perdez pas de vue que le train ne s'ébranle. »

Aussitôt dit, aussitôt fait. Peu soucieux de nous exhiber de nouveau au buffet entre nos acolytes officiels, non plus d'ailleurs que de retraverser à jeun les rues encombrées de tout à l'heure, nous cassâmes une croûte dans un « bon endroit » que nous désigna le brigadier, prîmes le café puis la goutte auxquels nous conviâmes les gendarmes et, non sans ennui à cause de nos pantalons que l'escorte autour devait faire paraître « patibulaires » aux encore nombreux passants rencontrés, parvînmes à notre destination. Après de cordiaux adieux aux, somme toute, gentils alguazils, nous nous enfournâmes dans une seconde, pleins d'admiration pour la manière, pour le procédé, plus encore que pour la judiciaire, de M. le Procureur P...

Et ce fut avec une nouvelle vaillance qu'à Paris, le soir même, lestés d'un repas sérieux cette fois, voire un peu mieux, nous repartîmes, par une autre gare, pour de plus sérieuses aventures.

IV

L'AMIGO

Courte, mais bonne.

D'ailleurs un pur prélude.

Voici. En juillet 1873, à Bruxelles, par suite d'une dispute dans la rue, consécutive à deux coups de revolver dont le premier avait blessé sans gravité l'un des interlocuteurs et sur lesquels ceux-ci, deux amis, avaient passé outre, en vertu d'un pardon demandé et accordé dès la chose faite, — celui qui avait eu le si regrettable geste, d'ailleurs dans l'absinthe auparavant et depuis, eut un mot tellement énergique et fouilla dans la poche droite de son veston où l'arme encore chargée de quatre balles et dégagée du cran d'arrêt, se trouvait, par malchance, — ce d'une tellement significative façon — que l'autre, pris de peur, s'enfuit à toutes jambes par la vaste chaussée (de Hall, si ma mémoire est bonne), poursuivi par le furieux, à l'ébahissement des pons Pelches traînant leur flemme d'après-midi sous un soleil qui faisait rage.

Un sergent de ville qui flânait par là ne tarda pas à cueillir délinquant et témoin. Après un très sommaire interrogatoire au cours duquel l'agresseur se dénonça plutôt que l'autre ne l'accusait, et tous deux, sur l'injonction du représentant de la force armée, se rendirent en sa compagnie à l'hôtel de ville, l'agent me tenant par le bras, car il n'est que temps de dire que c'était moi l'auteur de l'attentat et de l'essai de récidive dont l'objet se trouvait n'être autre qu'Arthur Rimbaud, l'étrange et grand poète mort si malheureusement le 23 novembre dernier.

Très bien, l'hôtel de ville de Bruxelles dans son gothique un peu trop terriblement Renaissance. Pendant que je ne le vois pas, dame ! depuis cette aventure, je lui rends cet hommage impartial auquel je ne pensais, vous vous en doutez, guère, tandis qu'amené sous son porche ou plutôt sur l'un de ses porches, au bureau d'un commissaire de police des plus stricts, guindés et raides, comme le sont communément les cinq sixièmes de ces fonctionnaires ou de leurs semblables, un peu d'ailleurs pour la forme dans les cas ordinaires tandis que dans l'espèce, ici, c'était du sérieux, non du *chiqué*.

Après le plus court, mais, grâce à un insouci à moi plus peut-être qu'à mon compagnon, des conséquences qui pouvaient s'ensuivre pour votre serviteur, le plus circonstancié des procès-verbaux (est-ce bien l'expression ?), le magistrat, relâcha Rimbaud, tout naturellement, mais en le prévenant d'avoir à se tenir à la disposition et décida que je serai conduit sur-le-champ à « l'Amigo ».

Ce nom cordial, vestige de l'occupation espagnole aux XVIe et XVIIe siècles, rend bien notre mot français « violon » pour désigner un poste de police. Cet Amigo n'étant qu'à quelques pas de l'hôtel de ville j'y fus bientôt, escorté de deux sbires dont cette fois un brigadier ou sous-brigadier, ces galons-là m'indifférant fort à cette époque et, le dirais-je ? — depuis. Pas beau, par exemple, l'Amigo. Propre tout au plus, et le fier mérite au pays de la propreté à outrance! Comme j'avais de l'argent sur moi — c'est tout, avec mes habits, ce qu'on m'avait laissé au commissariat — on me mit *d'office* à la pistole, ce qui au fond est bien. Mais la cellule de cette pistole, prenant air et jour par un vasistas situé trop haut, avec, dedans, deux lits, deux tables et deux chaises, et toutes autres commodités, une exceptée, omises, ne me procura pas la paix comportée : un ivrogne bien mis, fléau pire ! n'ayant pas tardé à partager mon sort, se rendit insupportable de toute façon toute la nuit. Et du dehors, des chants, des cris, des braillements, parvenaient jusqu'à des heures très avancées. Des airs surtout de *La Fille de la Mère Angot*, alors dans la fleur de sa nouveauté... belge, me tympanisèrent jusqu'à l'aube. Un litre de faro, du fromage et du pain, avec l'espoir qu'on me donnait ou plutôt me vendait, en outre, d'une prompte mise en liberté me laissèrent paraître néanmoins le temps bien long. Vers sept heures du matin, ma porte s'ouvrit — quels verrous ! — et l'on me fit descendre de quelques marches, dans une petite cour pavée où me furent apportés le café au lait et le petit pain nommé *pistolet*, traditionnels en Bruxelles. Les heures passèrent très nombreuses, me semblait-il ; à toutes mes questions sur ma délivrance prochaine, de vagues, je dis vagues geôliers, moitié en « civils », moitié en policiers, en pantoufles, flemmards, impolis et patelins, répondaient : « Oui, tout à l'heure, savez, ils vont v'nir, soyez sûr, tu verras... », si bien qu'après, vers une heure, des pommes de terre en purée et je ne sais plus quelle viande mi-partie bouillie et rôtie de veau ou d'agneau avalées sans appétit, je fus appelé... vers une voiture cellulaire, assez semblable aux « paniers à salades » affectés chez nous à certains transports féminins pour la Préfecture, c'est-à-dire à panneaux métalliques peints en jaune et noir extérieurement et donnant quelque prise aux yeux sur le dehors. C'est ainsi que je parcourus une partie, inconnue de moi, de Bruxelles, le regard errant sur des rues montueuses pleines de foules pauvres, de marchés chétifs, qui grimpent de la ville centrale jusqu'à l'ancienne prison des Petits-Carmes, où je me vis écroué, non sans brutalité, mais, enfin ! débarrassé du *cabriolet* qu'au sortir de la maussade roulotte m'avait « foutu » au poing un ins-pec-teur, pour le moins, tant ce... salop ! était chamarré d'argent et armé d'un sabre qui n'en finissait pas, — écroué, dis-je, sous la rubrique, qui me fut transmise ès un papier où il y avait imprimé en tête sous une balance avec « *pro justitia* » en exergue, rubrique écrite par le gendarme qui me remit la feuille d'écrou :

« Tentatiffe d'asacinat. »

V

LES PETITS-CARMES

Quelque chose comme, paraît-il, le « Dépôt » de Paris. Une vaste cour pavée, plutôt longue. D'affreux types en général. Beaucoup d'Allemands, majorité de Belges, naturellement, des Italiens, comme de juste, et trop de Français assez hideux, hélas! J'arrive là, ahuri, timide et comme ivre encore. D'ailleurs, bien mis, je suis l'objet, de la part de mes camarades! de quolibets, de ricanements, de quels regards, qui me tuent, vraiment. Le gardien de service, une brute très chamarrée, me bouscule, par surcroît, de paroles flamandes que je comprends à leur intonation. Il m'indique du doigt un groupe où l'on pèle des pommes de terre. Très fatigant, debout, pendant une heure, ce turbin. On sonne une cloche. C'est le déjeuner. Le réfectoire est crépi à la chaux. Des tables et des bancs pas propres. L'*adjudant*, encore plus chamarré que le gardien, dit *sergent*, aiguillette d'argent énorme et képi extraordinairement surchargé de galons, fait le signe de la croix et d'une voix terrible :

Benedicite,

tous répondent, sauf moi qui avais depuis longtemps oublié cette liturgie comme toutes les autres :

Dominus !

et l'adjudant de reprendre plus farouchement encore :

Nos et ea quæ sumus sumpturi benedicat dextera Christi.

Tous, dont moi, cette fois :

Amen.

Et l'on s'attable devant des gamelles d'étain et des cuillers de fer. Cette pâtée ! De l'orge à la graisse, évidemment, de cheval : je m'y connais, moi, parisien du Siège. J'y goûte du bout de la langue : j'en ai avalé, enfin, environ un quart, quand l'adjudant :

Gratias, etc.

et l'on rentre dans la cour, où je suis à peine que l'on m'appelle chez le Directeur. A travers beaucoup de couloirs (les Petits-Carmes étant, comme le nom l'indique, un ancien couvent), j'arrive, à la longue, accompagné d'un gardien, la main sur son coupe-choux, chez ce potentat qui, après avoir congédié l'estafier, me dit :

— Veuillez vous asseoir, monsieur Verlaine.

Enfin, une parole de politesse après tout ce torrent d'humiliations. Je regardai le Directeur, un petit homme tout en moustaches et les favoris grisonnants, binocle derrière quoi des yeux perçants, pas méchants, dans une chaise-fauteuil. Extraordinairement, lui, alors, argenté. Tel, vers 1850-1851, un général de la garde nationale, et des torsades à n'en plus finir ! Il tient à la main une lettre à moi adressée par Victor Hugo.

(De l'Amigo j'avais écrit au Maître pour le prier d'une intervention auprès d'une personne chère, alors.)

LeDirecteur : — Je viens de lire ces quelques mots qui vous sont adressés, et je m'étonne, ayant de tels correspondants, de vous voir ici. Du reste, prenez connaissance.

(J'ai donné la lettre à un ami, un Anglais, en Lincolnshire. Elle portait ceci :

« Mon pauvre poète,

« Je verrai votre charmante femme et lui parlerai en votre faveur au nom de votre doux petit garçon. Courage et revenez au vrai.

« VICTOR HUGO. »

Le Directeur, encore :

— Madame votre mère (ma pauvre bonne vieille mère devant qui s'était passée l'affreuse scène, ma mère que j'ai tant fait souffrir et qui est morte d'une fluxion de poitrine par suite d'un chaud et froid contracté en me soignant lors d'une maladie où j'étais entièrement paralysé !), Madame votre mère a sollicité de M. le Procureur du Roi qu'il vous autorisât à être à la pistole. En présence de cette lettre-ci, je prends sur moi de vous y autoriser dès maintenant, en attendant des ordres qui vont m'arriver et qui, j'en suis sûr, vous seront favorables.

Et, comme sur un coup de timbre rentrait le gardien :

— Conduisez *Monsieur* à la pistole des prévenus.

VI

Ma mémoire qui commencerait à devenir déplorable si je n'y mettais bon ordre et le scandaleux manque de soin que j'apporte dans le rangement de mes « notes » littéraires m'ont naguère fait oublier tout simplement de consigner à sa place un épisode, des plus cuisants d'ailleurs, de ma vie de prisonnier.

Pour boucher bien vite cette lacune, je dirai très vite qu'aussitôt sorti du « dépôt » des Petits-Carmes, je fus mis, dans la même prison, en cellule, sur l'ordre du juge d'instruction, comme qui dirait à Mazas sur place. Ameublement : un hamac et une couverture, une table, un tabouret, un lavabo... et un seau. Nourriture, une pâtée d'orge ; le dimanche, une pâtée de pois concassés. Boisson, de l'eau à discrétion. Signe particulier, dès le premier jour j'attrapai des... poux.

Avec un peu d'encre soigneusement économisé

d'après un encrier prêté par l'administration pour de stricts usages épistolaires, et conservé, au frais, dans un interstice de carrelage, j'écrivis, durant les huit jours ou environ qu'eut lieu cette peu douce prévention, à l'aide d'un petit morceau de bois, les quelques récits diaboliques qui parurent dans mon livre *Jadis et Naguère*, — *Crimen Amoris*, qui commence par :

« Dans un palais, soie et or, dans Ecbatane »

et quatre autres, dont *Don Juan pipé* que mon ami Ernest Raynaud, l'excellent poète, a en manuscrit primitif, sur du papier ayant servi à envelopper quoi déjà de la cantine, manuscrit mis au monde grâce au barbare procédé ci-dessus.

Une fois par jour, le matin, les prévenus, par sections, descendaient dans une cour pavée, « ornée » au milieu d'un petit « jardin » tout en la fleur jaune nommée souci, munis de leur seau... mieux et pis qu'hygiénique, qu'ils devaient vider à un endroit désigné et rincer avant de commencer leur promenade à la queue-leu-leu sous l'œil d'un gardien tout au plus humain.

J'ai fait là-dessus des strophes :

. . . .

Ils vont et leurs pauvres souliers
Font un bruit sec,

Humiliés,
La pipe au bec.
Pas un mot, sinon le cachot;
Pas un soupir!
Il fait si chaud
Qu'on croit mourir.

Les dimanches, messe basse en une chapelle trop laide vraiment, sans un chant, sans un sermon! C'est bon quelquefois un sermon, même pour des gredins comme moi!...

Ce ne fut, je le répète, qu'après huit jours de ces joies qu'on m'appela chez le directeur et que je devins un *pistolier* par suite de la lettre de Victor Hugo, et après mon entrevue avec le Directeur de la prison telle que je l'ai racontée précédemment.

Entre temps, j'avais comparu deux ou trois fois chez le juge d'instruction, homme insinuamment bienveillant *cosi son tutti* qui n'avait aucun aveu à obtenir de moi et, en conséquence de ma franchise dès le commissariat de police... me maintint en état d'emprisonnement et me fit citer par le procureur du Roi en police correctionnelle sous la prévention de coups et blessures volontaires ayant occasionné, etc., etc.

C'était-il meilleur que celle, de prévention, d'*asacinat?*

Non.

VII

Tout le monde sait ce que c'est qu'être à *la pistole*. Moyennant finances, on peut faire venir sa nourriture et sa boisson (ô peu!) du dehors; on jouit d'un lit sortable, d'une chaise ou bien d'un escabeau, et autres « douceurs ». Mais la captivité, dans des cas graves comme le mien, reste aussi étroite, la surveillance aussi stricte que pour les prisonniers que leur pauvreté ou la nature de leur faute laisse dans l'horreur toute nue du Règlement. C'est ainsi que la cellule que j'occupais dans un bâtiment à part ne s'ouvrait qu'une heure par jour pour une promenade solitaire dans une cour pavée que durement! et triste!

Par-dessus le mur de devant ma fenêtre (j'avais une fenêtre, une vraie! munie, par exemple, de longs et rapprochés barreaux), au fond de la si triste cour où s'ébattait, si j'ose ainsi parler, mon mortel ennui, je voyais, c'était en août, se balancer la cime aux feuilles voluptueusement frémissantes de quelque haut peuplier d'un square ou d'un boulevard voisin. En même temps m'arrivaient des rumeurs lointaines, adoucies, de fête (Bruxelles est la ville la plus bonhommement rieuse et rigoleuse que je sache). Et je fis, à ce propos, ces vers qui se trouvent dans *Sagesse*.

. . . .
Un oiseau sur l'arbre qu'on voit
Chante sa plainte.

. . . .
Cette paisible rumeur-là
Vient de la ville.

. . . .
Qu'as-tu fait, ô toi que voilà
Pleurant sans cesse.
Qu'as-tu fait, ô toi que voilà,
De ta jeunesse ?

. . . .

Je voyais aussi, spectacle également mélancolique, monter la garde, de long en large, au ras du mur, à l'intérieur, bien entendu (et pourquoi à l'intérieur ?), un chasseur-éclaireur, chapeau de soie à plumes de coq, tunique vert foncé, je crois, pantalon gris, qui paraissait s'embêter ferme durant les deux heures de sa faction. Et il avait beau être relevé et remplacé, son successeur ne présentait pas plus que lui ni que son prédécesseur les symptômes d'un trop vif enthousiasme dans l'accomplissement de cette, d'ailleurs, assez absurde consigne. Les braves garçons semblaient se dire : « A quoi bon se promener ainsi, avec un fusil sur l'épaule et sac au dos pour surveiller et tuer au besoin de pauvres diables si bien cadenassés et verrouillés et morts à moitié déjà ?

Mais j'avais d'autres distractions dont la principale consistait à correspondre avec mon « voisin », un notaire. L'alphabet *phonétique* proprement dit, alors, fut largement pratiqué par nous. Le connaissez-vous, au moins de réputation ? Ça consiste à taper sur un mur un coup pour A, ou au contraire, — ou autrement un coup pour Z, ou au contraire ou autrement, et ainsi de suite. Que de petites joies *volées* ainsi, assaisonnées de la crainte d'être surpris par l'adjudant, àssez bonhomme d'aïlleurs et que la *Pièce* ne laissait que guère indifférent.

Vint enfin le jour de l'audience.

Risum teneatis.

VIII

Il me revient que le nouveau Palais de Justice de Bruxelles est babéliquement monumental, et je veux bien le croire.

L'ancien était hideux d'incommodité, de laideur et même de pauvreté lépreuse, littéralement. On y accédait, je ne sais plus comme, tant je déteste encore les deux visites que j'y fis, au « débotté », de l'infâme véhicule dont il fut question tout à l'heure ; mais je puis certifier qu'on pénétrait là dedans mal à l'aise, à travers des corridors sans nombre, sur des espèces de passerelles, de ponts, véritablement assommants, entre deux gendarmes terriblement coiffés de bonnets à poil à rendre des points à feu la vieille garde du premier Empire. — Pas méchants, du reste, les gendarmes belges. Vous savez, sans doute, qu'ils se recrutent, contrairement à ce qui se pratique chez nous, comme le reste de l'armée, — de sorte que ce sont de tout jeunes gens accessibles encore à la pitié ou tout au moins à quelque compassion pour leurs quasi-justiciables. J'en fis l'expérience, comme on va voir, et j'envoie d'ici à ce corps, qui n'est là-bas point d'élite, mais tout bonnement spécial, mon très cordial bonjour, non pas au revoir, tout de même, en dépit des procédés gentils, dont voici quittance.

Quoi qu'il en soit, ils me conduisirent, ces excellents alguazils, haut coiffés et fort bottés, après un stage ès un vestibule assez pauvrement meublé, dans la ...me Chambre (le souvenir du numéro me fait défaut) du Tribunal correctionnel.

Vilaine, étroite et galeuse cette chambre, ou plutôt cette salle, jadis crépie à la chaux, alors tout écaillée, lézardée et comme menaçant ruine. Au mur d'en face (le public assis sur des bancs de bois, munis juste de dossiers, qu'il semblait qu'on eût pleuré pour les mettre là) un Christ dartreux pendait qui paraissait se faire des cheveux trop longs et n'avoir été perché en ce lieu que pour regarder les prévenus

« *D'un air fâché.* »

Les trois conseillers chargés de me faire mon

affaire, siégeaient en des fauteuils cachés par leurs larges manches, vêtus à peu de chose près comme nos juges français, derrière une table à tapis vert uni, sur laquelle des codes, des papiers, des écritoires et un pupitre central pour M. le Président.

On me fit asseoir en face du tribunal sur un simple tabouret sans gendarmes à mes côtés, mon avocat derrière moi, en costume presque pareil à celui des avocats que l'Europe nous envie et que la France nous envoie, en masses profondes, à la Chambre et au pouvoir.

« Mon audience » commença. Même cérémonie qu'en France :

— Accusé, levez-vous.

— Vos nom et prénoms?

— Profession?

— Vous êtes accusé d'avoir, etc.

et, après un interrogatoire, d'ailleurs court et pas trop féroce, le traditionnel : — Allez-vous asseoir,

Et tandis que j'obtempérais, le procureur du Roi se leva.

Je vois encore le personnage, petites moustaches en crocs, petits favoris dits « Cambronne », une main dans la poche de son pantalon de coutil blanc (pourquoi pas de treillis?) retroussant comme cavalièrement, à la houzarde, la robe noire, tandis que son autre main retirait de dessus sa petite tête, la disgracieuse lourde toque de l'emploi et la posait sur la table étroite, aussi, du décor recouverte d'un tapis vert comme celle du tribunal et, comme elle, chargée de codes, de papiers, d'un écritoire, et d'un pupitre.

« Messieurs, débuta-t-il, en me désignant, l'homme que vous avez devant vous est un étranger... »

Et c'était comique d'entendre, en français, cet accent par trop belge que vous avait ce jeune à peine sorti de quelque Louvain ou de quelque Gand ou de quelque autre université du cru.

Puis, passant aux faits de la cause et après avoir déploré qu'il n'en fût pas en justice civile comme devant les conseils de guerre pour lesquels « l'ivresse n'est pas une excuse », il me flétrit en me traitant de lâche (quelle logique!) « Oui, messieurs, l'assassin » — il oubliait que l'accusation d'*asacinat* avait été abandonnée, « oui, l'assassin tire de sa « poche un revolver à six coups chargé (simplet, « s'il n'avait pas été chargé, à quoi bon le tirer « de ma poche? raisonnons un peu tout de même), « il vise sa victime (prononcez victimne), deux

« coups partent dont l'un atteint l'infortuné. » (O Rimbaud alors confortablement soigné pour ton bobo que je déplorerai quand même toute ma vie de t'avoir fait, en voulant d'ailleurs faire pire, comme tu eusses ri, pauvre ami disparu à jamais, de t'entendre ainsi qualifier !) « Et ensuite, mes-« sieurs, non content de ce premier crime (lisez « délit)... »

Et le « magistrat debout » raconte en son langage et à sa manière la scène, d'ailleurs déplorable, de la rue, et finalement réclame pour moi « toutes les sévérités dont la loi est armée ».

Se conformant à ces conclusions, malgré une bonne plaidoirie de mon défenseur, le tribunal, sans en avoir plus mûrement que de droit délibéré, m'appliqua le maximun, deux ans d'emprisonnement.

Sur le moment, et devant le public, je fis bonne contenance. Mais une fois rentré sous la garde d'un huissier à chaîne d'acier, dans le vestibule où les gendarmes m'attendaient, je me pris à pleurer comme un enfant, si bien que « mes anges gardiens » se mirent à me consoler en ces termes textuels :

« C'est pour une fois, ça, mais il y a l'appel, tiens. »

Et, mon avocat, survenu, me fit, en effet, signer un acte en appel.

Puis, fouette, cocher (de la cellulaire) pour les Petits-Carmes, *iterum*.

IX

J'adore les costumes et je raffole des symboles. Aussi, en dépit de l'absurdité tant et si odieusement fréquente des cinq sixièmes des jugements rendus par telles et telles et telles et quelles Cours, j'aime, malgré ma haine de la mauvaise action, la bonne tenue des gens de justice (guillotine comprise, en attendant mieux).

Une robe noire bien portée, un rabat bien assumé, une épitoge, en cas d'assises, bien épauletée, séduisent mon esprit, sinon moi-même.

Et je leur rendrai toujours hommage, comme je porterais les armes à ces choses, rappel, aussi, de notre origine divine, plumes noires puis blanches, aigrettes, plumets blancs et tricolores, pompons de diverses couleurs, épaulettes comparées, galons gradués, chevrons, — et simple bouton (en cas de capitulation glorieuse !).

Aussi me targué-je d'un immense respect à la

Magistrature et je ne veux pas qu'on se méprenne sur mon opinion à cet égard.

Elle, aussi, a, — outre sa discipline admirable! ses insignes, ses galons, ses rabats qui sont ses jugulaires (puisqu'il n'y a plus de hausse-col), — et, bref! son drapeau, qui est le Christ en croix!...

C'est pourquoi j'acceptai sans maudire ce jugement juste, indulgent, puisque je méritais l'échafaud, au fond.

Mais comme j'en avais appelé, il me fallait bien me résigner, ne pouvant pas faire autrement, à cette perspective, encore consolante! Dix-huit mois!!...

Et le jour de l'appel luisit, si j'ose m'exprimer ainsi.

Luisit! Car quel beau temps, ce jour-là, quel soleil! — Moi, du Nord, j'admire, j'aime peu le soleil, il me cause des nausées, il m'étourdit, M'AVEUGLE et je lui préfère absolument

« *L'hiver lucide* »

comme mon cher grand Stéphane Mallarmé.

Doncques, pour orthographier judiciairement, à une heure, — comme oubliée? — de relevée, je fus, par la scélérate locomotion dont question plus haut, ramené une fois de plus, moyennant l'appareil policier et quasi militaire de naguère, dans ce palais de justice-là.

Local tapissé de papier : On eût dit, cette fois, de la salle à manger d'un hôtel de village. Nul Christ au mur, — et, vrai ! ça faisait mieux que la caricature en première instance.

Tapissé de papier avec des dessins dessus. Quels motifs ? J'en ignore. Fleurs, chasses, pêches ou fêtes galantes ? — J'en ignore, vous dis-je, occupé, moi, d'autre chose. Tiens ! Aussi !

Et de rechef, avec quelque variante :

— Condamné, levez-vous?

— Vos nom et prénoms !

— Profession ?

— Vous avez été condamné en vertu de l'article, etc...

— Asseyez-vous.

Je m'assieds — en dépit d'un réquisitoire étonnant qui me déchargeait en bonne logique, et narguait ce bébé de procureur en première instance, lui mettant sous le nez ceci :

« *On a appliqué au condamné le maximum, et Monsieur le Procureur du Roi en appelle à minima. Où est la loi, Messieurs ?* »

Et nonobstant une excellente plaidoirie de mon avocat — le même qu'en première instance — à qui j'envoie d'ici mes meilleures sympathies, on me confirma.

X

MONS

Cette fois j'étais bel et bien coffré. Et je fus admis à la pistole des condamnés. Une liberté relative : les portes des chambres ouvertes de six heures du matin à huit heures du soir, et l'accès des prisonniers les uns chez les autres. Une vingtaine environ de « camarades » dont plusieurs français, ce qui me flatta peu d'ailleurs.

Je restai là un mois environ et ce fut, matériellement, le moment le plus heureux de ma captivité. Et puis, en wagon cellulaire, pour... Mons.

La prison, cellulaire aussi, de la capitale du Hainaut, est, je dois le confesser, une chose jolie au possible. De brique rouge pâle, presque rosé, à l'extérieur, ce monument, ce véritable monument, est blanc de chaux et noir de goudron intérieurement avec des architectures sobres d'acier et de fer. J'ai exprimé l'espèce d'admiration causée en moi par la vue, ô la toute première vue de ce désormais mien « château » dans des vers qu'on a voulu trouver amusants, au livre *Sagesse* dont la plupart des poèmes, d'ailleurs, datent de là...

J'ai longtemps habité le meilleur des châteaux.

A ma descente du train, je fus en voiture, toujours cellulaire, conduit vers cette presque aimable prison, où l'on me reçut en toute simplicité, il faut bien le dire; après quoi on m'invita — péremptoirement — à prendre un bain, et des vêtements bien bizarres me furent apportés, consistant en une casquette de cuir de la forme qu'on pourrait dire dite Louis XI, une veste, un gilet et un pantalon d'une étoffe dont le nom m'échappe, verdâtre, dure, pareille assez à du reps très épais, très grossier et en somme très laid, un gros tour de cou en laine, des chaussettes et des sabots.

Ainsi affublé, on me fit monter dans la cellule qui m'était destinée. Sommaire, l'ameublement, — car je retombais dans le cas des prisonniers ordinaires, en attendant que de nouvelles démarches eussent lieu à l'effet d'encore m'empistoliser, pour oser ce néologisme.

On compléta mon costume par l'apport d'une cagoule en toile bleue destinée à cacher le visage des prisonniers dans leur passage par les corridors pour les promenades dans les préaux, — et d'une large plaque de cuivre verni en noir, en forme un peu de cœur, avec mon numéro en relief, étincelant comme de l'or plus beau. Je devais accrocher cette enseigne lors de chaque promenade, à un bouton de ma veste.

Puis le barbier de l'établissement me rasa conformément au règlement. J'étais élégant et joli, je vous assure.

Mais revenons à l'ameublement de la cellule.

Un lit-table qu'on ne devait déployer et *faire* que le soir un peu avant le coucher. Un escabeau attaché au mur, un lavabo et une sorte de tour dans le mur, pour les usages intimes. Un petit crucifix de cuivre, avec qui je devais plus tard faire connaissance, complétait ce luxe sommaire.

O ce crucifix !

XI

Ce ne devait pas être lui, précisément, ce crucifix de ma première cellule à Mons, à qui j'eus affaire, mais un similaire crucifix pareil d'ailleurs à tous ceux qui sanctifiaient tous les locaux du vaste pénitentier.

Mais revenons à l'ameublement. J'en avais omis, une pièce, et non la moins importante. Je veux parler de l'adjudant ou gardien-chef de l'aile où j'étais alors (les gardiens subalternes avaient le titre de sergent, je l'ai dit déjà). Cet adjudant, dis-je, ne m'avait pas pris en affection, et s'il me visitait souvent, ce n'était pas pour me voir, mais bel et bien pour m'inspecter. Et s'ensuivaient des observations sans nombre, voire des menaces de cachot, à propos d'un grain de poussière, d'un pli mal fait à la couverte repliée dans mon lit-table quand le lit redevenait table, même de quelque chose, à son sens, d'irrégulier sur ma personne, mon tour de cou pas à l'ordonnance, tel bouton de ma veste branlant, etc. Ce qu'il m'a fait souffrir cet animal-là avec ses féroces minuties ! D'ailleurs bon diable et qui devait s'humaniser un peu plus tard, à mon égard, du moins.

La nourriture ? Eh, parblcu toujours de la soupe... à l'orge, et les dimanches la purée de pois. Pain de munition, eau à discrétion.

Le dimanche, messe, vêpres et salut chantés par des détenus. Harmonium tenu par une dame de la ville, sermons bien faits par l'aumônier, homme charmant dont j'ai gardé le meilleur et le plus reconnaissant souvenir.

La chapelle, très extraordinaire : au contraire de ce qui a lieu dans la plupart des prisons cellulaires, l'autel et ses accessoires se trouvent, au milieu naturellement des *boxes* destinés aux « fidèles » mais très élevés sur une plateforme aux quatre coins de quoi se tiennent les gardiens chargés de la bonne tenue et du respect du au Lieu saint...

C'est même à quoi font allusion mes vers de *Parallèlement.*

. . . .

Vois s'allumer les saluts
Du fond d'un trou.

Les préaux forment une roue dont une rotonde centrale est le moyeu d'où rayonnent en V une dizaine de murs enserrant autant de petits jardinets, assez funèbres, qu'il y a de V en maçonnerie. Un gardien se tient dans la rotonde et donne du feu aux prisonniers, qui ont une heure pour fumer une pipe et se promener en loups dans chacun son préau. Après quoi, retour aux cellules, en file indienne, cagoules en tête — et en voilà pour jusqu'au lendemain, à la même heure.

Mais au bout de huit ou dix jours de ce régime peu agréable, si confortable et suffisant, au fond ! je suis appelé chez le Directeur, encore un homme charmant, déjà blanchissant, très bienveillant et à qui je devins sympathique du premier coup.

Veine ! il s'agissait de ma mise en pistole.

Je fus mené dans un autre corps de bâtiment. Ma nouvelle cellule, un peu plus grande que l'autre, mais meublée de même, sauf le lit, bon, large, et permettant cette fraîcheur de s'étirer enfin ! me plut dès l'abord.

Elle n'était pourtant qu'au juste confortable. Et surtout cet éclairage, d'ailleurs suffisant, filtrant à travers des barreaux horizontaux mais venu de trop haut et barrant, — c'est le cas de le dire au risque de deux répétitions — l'horizon.

Mais quel bonheur d'enfin coucher dans un lit proprement dit ! Mais quelle félicité que ce semblant plus que modeste, de l'ancienne modeste, mais commode chambre, naguère hélas! conjugale, avec son lit « de milieu ».

Il faut savoir se contenter de peu, surtout en prison, et comme toute idée de femme m'était interdite de par la force, force me fut donc de me résigner. Ce que je fis.

Je demandai des livres. On me permit d'avoir toute une bibliothèque. Dictionnaires, classiques, un Shakespeare en anglais, que je lus en entier (j'avais tant de temps, pensez !). De précieuses notes d'après Johnson et tous commentateurs anglais, allemands et autres, m'aidèrent à bien comprendre l'immense poète, qui néanmoins ne me fit jamais oublier Racine non plus que Fénelon ni que La Fontaine, sans compter Corneille et Victor Hugo, Lamartine et Musset. Et pas de journaux !

Ces diversions néanmoins n'étaient pas mes seules.

J'inventai un jeu.

Ça consistait à mâcher du papier en deux boulettes, à supposer deux adversaires, A et B, à lancer ces projectiles alternativement vers un but qui était le judas de la cellule et à marquer *loyalement* les coups.

Double plaisir. D'abord de perdre ou de gagner. Ce que A détestait B, B le lui rendait si bien ! Puis de redouter le passage de l'adjudant ou d'un sergent. Ou, alors ! du Directeur lui-même.

Il est vrai que c'est celui-ci que je redoutais le moins.

XII

Jésus, comme vous vous y prîtes-vous pour me prendre ?

Ah !

Un matin, le bon Directeur lui-même entra dans ma cellule.

— Mon pauvre ami, me dit-il, je vous apporte un mauvais message. Du courage. Lisez !

C'était une feuille de papier timbré, la copie du jugement en séparation de corps et de biens, si mérité quand même (de corps! et peut-être aussi de biens ?) mais dur dans l'espèce ! que me décernait le tribunal civil de la Seine. Je tombai en larmes sur mon pauvre dos sur mon pauvre lit.

Une poignée de main et une tape sur l'épaule du Directeur me rendirent un peu, néanmoins, de courage,— et, une heure ou deux après cette scène, ne voilà-t-il pas que je me pris à dire à mon « sergent » de prier monsieur l'Aumônier de venir me parler.

Celui-ci vint et je lui demandai un catéchisme. Il me donna aussitôt celui de persévérance de Mgr Gaume.

Je suis littérateur, je goûte la correction, la subtilité, toute la cuisine du style, comme de droit et de devoir. Même, ces corrections, ces subtilités, je les prise, je les renifle, si vous voulez bien. Et j'ai horreur de toutes platitudes écrites.

Mais, en dépit d'un art déplorable en fait d'écriture et d'une syntaxe à peine en vie, Mgr Gaume, fut pour moi, pourri d'orgueil, de syntaxe et de parisienne sottise, l'apôtre.

XIII

Les preuves assez médiocres apportées par Mgr Gaume en faveur de l'existence de Dieu et de l'immortalité de l'âme me plurent peu et ne me convertirent pas du tout, je l'avoue, en dépit des efforts de l'aumônier pour les corroborer de ses meilleurs et ses plus cordiaux commentaires.

C'est alors que ce dernier s'avisa d'une idée suprême et me dit : « Sautez les chapitres et passez tout de suite au sacrement de l'Eucharistie. »

Et je lus la centaine de pages consacrées par le bon prélat au sacrement de l'Eucharistie.

Je ne sais si ces pages constituent un chef-d'œuvre. J'en doute même. Mais, dans la situation d'esprit où je me trouvais, l'ennui profond où je plongeais en dépit de tous bons égards et de la vie relativement heureuse que ces bons égards me faisaient, et le désespoir de n'être pas libre et comme, aussi, de la honte de me trouver là, déterminèrent, un certain petit matin de juin, après quelle nuit douce-amère passée à méditer sur la Présence réelle et la multiplicité sans nombre des hosties figurée aux saints Évangiles par la multiplication des pains et des poissons, — tout cela, dis-je, détermina en moi une extraordinaire révolution — vraiment !

Il y avait depuis quelques jours, pendu au mur de ma cellule, au-dessous du petit crucifix de cuivre semblable à celui dont il a été précédemment parlé, une image lithographique assez affreuse, aussi bien, du Sacré-Cœur : une longue tête chevaline de Christ, un grand buste émacié sous de larges plis de vêtement, les mains effilées montrant le cœur

Qui rayonne et qui saigne,

comme je devais l'écrire un peu plus tard dans le livre *Sagesse*.

Je ne sais quoi ou Qui me souleva soudain, me jeta hors de mon lit, sans que je pusse prendre le temps de m'habiller et me prosterna en larmes, en sanglots, aux pieds du Crucifix et de l'image surérogatoire, évocatrice de la plus étrange mais à mes yeux de la plus sublime dévotion des temps modernes de l'Église catholique.

L'heure seule du lever, deux heures au moins peut-être après ce véritable petit (ou grand ?) miracle moral, me fit me relever, et je vaguai, selon le règlement, aux soins de mon ménage (faire mon lit, balayer la chambre...) lorsque le gardien de jour entra qui m'adressa la phrase traditionnelle : « Tout va bien ? »

Je lui répondis aussitôt :

« Dites à monsieur l'Aumônier de venir. »

Celui-ci entrait dans ma cellule quelques minutes après. Je lui fis part de ma « conversion ».

C'en était une sérieusement. Je croyais, je voyais, il me semblait que je savais, j'étais illuminé. Je fusse allé au martyre pour de bon, — et j'avais d'immenses repentirs évidemment proportionnés à la grandeur de l'Offensé, mais sans nul doute pour mon examen d'à présent, fort exagérés.

D'ailleurs on est fier souvent quand on se compare.

Et je suis comme la généralité des hommes.

L'aumônier, un homme d'expérience prisonnière et pour sûr habitué à ces sortes de conversions, vraies ou fausses, mais, j'en suis convaincu, persuadé de ma sincérité, néanmoins me calma, après m'avoir félicité de la grâce reçue, puis, comme, dans mon ardeur probablement indiscrète et imprudente de néophyte hier encore littéralement tout mécréance et tout péché, je demandai à, j'implorai de me confesser sur-le-champ, dans ma crainte de mourir impénitent, disais-je, il me répliqua en souriant un peu :

« N'ayez crainte. Vous n'êtes déjà plus impénitent, c'est moi qui vous l'assure. Quant à l'absolution et même à la simple bénédiction, veuillez attendre encore quelques jours ; Dieu est patient et il saura bien vous faire encore un petit crédit, lui qui attend son dû depuis pas mal de temps déjà, n'est-ce pas ?

« Et à très, très prochainement, aujourd'hui même. »

XIV

Et le digne, très digne homme de Dieu, me laissa tranquille.

J'obtempérais à son système et me résignais, priant.

Priant, à travers mes larmes, à travers les sourires, comme d'enfant, de comme un criminel racheté, priant, ô, à deux genoux, à deux mains, de tout mon cœur, de toute mon âme, de toutes mes forces, selon mon catéchisme ressuscité!

Combien est-ce que je réfléchissais sur l'essence et l'évolution même de la chose qui s'opérait en moi! Pourquoi, Comment?

Et j'avais de ces ardeurs, de ces, comme on dirait en nos odieux temps, dispositions! Comme j'étais bon, simple, petit!

Et ignorant!

« *Domine, noverim te!* »

Quelle candeur d'enfant de chœur, quelle gentillesse de vieux — et jeune! alors, pécheur converti, d'orgueilleux s'humiliant, d'homme violent devenu un agneau!

J'abdiquai dès lors toute lecture « profane », Shakespeare, entre autres, déjà lu et relu dans le texte à coups de dictionnaire et enfin su par cœur, pour ainsi dire. Et je me plongeai dans des de Maistre, des Auguste Nicolas plus spéciaux...

J'avais néanmoins de timides objections que l'aumônier réfutait plus ou moins bien, admirablement pour le moi de cette époque.

— Mais les animaux, après leur mort?... Il n'en est pas question dans les livres saints.

— Mon cher ami, si les livres saints n'en parlent pas plus que des filles d'Adam, par exemple, c'est que c'était superflu. D'ailleurs, Dieu étant l'infinie bonté, n'a créé les bêtes que pour leur bien autant que pour le nôtre.

— Mais l'enfer éternel?

— Dieu est l'infinie justice et s'il punit éternellement c'est qu'il a ses raisons pour ça, raisons précellentes devant lesquelles notre unique droit est de nous incliner même sans les connaître. Car, en effet, les peines éternelles sont une espèce de mystère... Mais non, puisque le Dogme ne les met pas à ce rang.

Et ainsi de suite.

Le grand jour, tant attendu, si impatiemment souhaité, de la confession, arriva enfin...

Elle fut longue, détaillée à l'infini, cette confession, ma première depuis celle du renouvellement de ma première communion. Torts sensuels, surtout, torts de colère, torts d'intempérance, nombreux aussi, ceux-ci, torts de petits mensonges, de vagues et comme inconscientes tromperies, torts sensuels, j'y insiste...

Le prêtre, de temps en temps, m'aidait dans les aveux, toujours un peu pénibles en tel cas, du néophyte bizarre que j'étais.

Entre autres questions, ne me posa-t-il pas, celle-ci, d'un ton calme et point étonnant non plus qu'étonné :

— Vous n'avez jamais *été* avec les animaux ?

XV

Après avoir répondu, non! non sans stupéfaction de l'interrogation posée, je reçus d'un front humble et contrit tout de même après ma très véridique et consciencieuse, je vous assure, confession, la bénédiction, mais point encore l'absolution si convoitée.

Et en attendant cette dernière, je repris, sur le conseil de mon directeur spirituel, mes travaux, lectures variées et vers miens principalement.

De cette époque date à peu près tout *Sagesse* :

> Mon Dieu m'a dit...

entre autres poèmes qu'on veut bien approuver généralement.

Mes lectures, à partir de cette époque, en outre d'intenses théologies, se reportèrent de l'anglais au latin, non seulement des Pères, saint Augustin, ce sublime *congénère*, dont j'étais ou me croyais alors l'infime succédané, mais, parmi les profanes et les classiques, Virgile, et toutes les *Eglogues*, toutes les *Géorgiques*, une grande partie de l'*Enéide* y passèrent.

Le bon directeur de la prison et l'excellent aumônier potassaient avec moi presque tous les jours.

Enfin, j'avais un gardien, qui, voulant quitter « la boîte, » comme il disait, « complétait son instruction » en vue d'entrer ailleurs, me demanda un beau jour de lui donner des leçons de français. Et nous voilà, moi dictant, lui, écrivant de sa grosse écriture, d'abord des exemples de grammaire :

Etes-vous Madame de Genlis ? etc.

et, quand des progrès réels furent accomplis, des tranches soigneusement choisies des *Aventures du jeune Télémaque* par M. de Salignac-Fénelon, archevêque de Cambrai.

En échange de ces leçons, le brave garçon me procurait des douceurs, journaux locaux, gâteaux, chocolat, parfois la goutte et très souvent, — ô joie, ô reconnaissance ! — de la chique (or la chique était défendue) et la difficulté d'en dissimuler les traces, après usage accompli, la rendait plus délicieuse encore.

Que de ruses, que d'astuces

pour, lors de chaque salivation dans le petit bassin destiné à mes ablutions, faire couler un mince et aussi silencieux que possible filet d'eau, à l'effet de diluer et faire disparaître par la grille d'évacuation les preuves de l'affreux délit.

Les jeudis et les dimanches, ma mère, munie chaque fois d'une permission du procureur du Roi, venait me voir. O que pénibles (et douces !) ces visites à travers deux grillages distants d'environ un mètre. Nul moyen de s'embrasser que d'un signe de la main aux lèvres, de ne se parler qu'épiés derrière une porte, tout contre, pourvue d'un judas d'où on vous observe à loisir. N'importe ! ma brave mère tirait de sa poche un *Figaro* acheté à la gare, ledit *Figaro* arrangé ou plutôt allongé par torsion, en forme de très fin fleuret, et me le passait à travers les grillages. Quelles émotions, jugez! et quelles émotions à déployer, puis à lire ce journal qui, s'il m'avait été surpris ès mains, m'eût valu le cachot, la privation de visite, la suppression de la pistole et autres inconvénients !

Et mille autres menues joies et petites misères auxquelles, grâce à mes nouvelles idées, je me résignais et finissais par m'habituer, chrétiennement! quand se leva l'aurore du grand jour où je devais « recevoir mon Sauveur... »

J'ai fait sur la Communion des vers qu'on m'a dit bons tant dans *Sagesse*, mon livre de néophyte, si j'ose ainsi le qualifier, que dans les volumes subséquents, plus apaisés mais non moins sincères, *Amour*, *Bonheur*, et mon plus récent, *Liturgies intimes* :

... Laisse aller l'ignorance indécise,
. . . .
. . . .
Pour souffrir et mourir d'une mort scélérate.

(Je ne parle pas, bien entendu, de *Parallèlement*, où je *feins* de communier plutôt avec le Diable.) Je ne puis, comme je n'ai pu alors, mieux exprimer les poèmes dont j'ai l'immense sensation de fraîcheur, de renoncement, de résignation, éprouvées en cet inoubliable jour de l'Assomption 1874.

A partir de ce jour, ma captivité qui devait se prolonger jusqu'au 16 janvier 1875, me parut courte, et si n'eût été ma mère, je dirais trop courte!

XVI

Oui, à partir de ce jour, je fus, c'est le cas de le dire, « comme pas un ». Nul ne m'eût insulté que je ne lui eusse pardonné, fait tout au moins, sentir, — non comme je ferais aujourd'hui, ressentir — son tort, nulle ne m'eût regardé que je ne lui aie répliqué par une prière intérieur pour le salut de son âme et ce vœu pensé latinément : « *Vade retro.* »

O oui ! je fus, dès cette Assomption jusqu'au jour de ma littérale et matérielle et comme physique, « libération », heureux.

Oui !

Pensez-y : se sentir innocent, se le croire, tout au moins, croire, par-dessus le marché se le savoir ! *Innocent*, pensez-y donc !

Et je voguai dans cette en sorte de nacelle, — dans ce « bateau » ainsi que blasphémerait le sale esprit contemporain, — jusqu'en janvier

6.

quatre-vingt-cinq, le seize, — tel un Don Quichotte, plus bête encore, en partance... pour d'autres moulins à vent.

Je voguai ainsi vers ma « libération » qui n'eut lieu qu'en ce jour humide de ce janvier-là.

La veille, on m'avait remis ma montre (j'en eus une et même plusieurs, devers ces temps et même depuis), mon portefeuille, garni de quelques billets de banque, dont j'étais également coutumier d'être un porteur, ma chemise et son faux-col, et de vagues habits élégants.

Maman m'accompagnant, après la levée d'écrou, le serrement de mains des employés du bureau, celui aussi, préalable, de l'aumônier, du directeur et des gardiens je sortis de cette « boîte » presque capitonnée, pour l'enfin gare de Mons! — entre, maman et moi, deux gendarmes avec des bonnets à poil sur des têtes imberbes.

Et nous voilà partis pour la France où, comme de coutume, et de juste! la gendarmerie avec le chapeau en bataille qu'on sait, *nous* recueillit des mains de la jeune maréchaussée, barbue Κατα κεφαλην, dont question ci-dessus.

Notre nationale armée de l'ordre *nous* reçut (je dis et répète *nous*, parce que nous étions quelques français libérés, assassins, voleurs, et moi, expulsés) sans grande cordialité. Même, quant à ce qui me concerne, après, moi, avoir décliné (pourquoi pas conjugué?) mes nom, prénoms et qualité, j'obtins du brigadier mon compatriote, cet accueil si, n'est-ce pas? rageant, encourageant, « encore ageant ».

— Et surtout n'y revenez plus.

— Non, mon brigadier...

Douai! Ma mère qui me fut, jusqu'au bout, si dévouée, si bonne, — si clémente! m'accompagnait, ainsi que je l'ai dit plus haut. Douai! Ville sainte! où Desbordes-Valmore est née à l'ombre de la Notre-Dame de là-bas, dont elle s'est toujours souvenue parmi tant d'ennuis et de préoccupations parisiens — et que *d'étages*, la pauvre femme! — Douai et ton carillon tendre et laron.

— Batelier, dit Lisette.....
— Turlututu, Gayant qui pète,
Turlututu, par l'trou de son cul!

Douai, salut!

XVII

En V***. — Ville gentille à l'extrême, presque vosgeoise où je fus interné sous l'inculpation, de menaces sous condition contre ma mère, crime d'après le Code pénal, puni de mort, — poing coupé, nu-pieds... O Maman!

O Maman, en effet ! Pardonne-moi ce seul mot : — Si tu ne reviens pas chez nous, je ME tue !

Des Belges affreux qui avaient accaparé ta confiance ne me dénoncèrent-ils pas, après plainte mienne, au parquet de V***, — G*** procureur — à propos d'un viol de domicile par les Belges ci-dessus, domiciliés, après plusieurs incendies en divers lieux, à C....., par A....., département des Ardennes.

Si bien qu'un jour je reçus une assignation et, huit jours après, comparus devant le tribunal de première instance du ressort !

Le chemin, — dirai-je le Calvaire ? non ! — fut charmant. Une femme mariée et son mari et moi, plus un chien qui aboyait après des corbeaux perchés sur la plus haute branche, étions cahotés dans ce qu'on appelle vulgairement un tape-cul et ce que l'usage

Au boulevard de Gand,

intitule *buggy*.

Le *Lion d'Or*, — Le Lyon d'Or de la région nous accueillit, cheval et tout. Puis nous fûmes au Tribunal, ce mari et sa dame m'étant des témoins à décharge.

La plus jolie trinité de juges que j'aie jamais vue dans ma délictueuse et criminelle sorte de vie.

Le président s'appelait Adam. Son assesseur de droite s'appelait Marie. J'oublie, — et je lui en demande excuse, le nom de l'autre assesseur qui, par une dérogation rogatoire, m'avait servi de juge d'instruction.

Mais je me souviens, ô qu'oui ! du nom du procureur de la République :

« G*** ».

J'ai d'ailleurs fait sur lui des vers pour un volume, qualifié d'*Invectives*, pour paraître chez mon ennemi naturel, Léon Vanier, 19, quai Saint-Michel.

Mais entrons au palais de justice de cette minuscule sous-préfecture, et admirons-en la superbe nullité architecturale, *rara avis* en ce temps de prétentions de tout ordre.

Admirons aussi non la moindre nullité de ce monsieur G***, procureur de la République, radical, zélé, bien, m'a-t-on dit, que clérical, catholique bien paraît-il, que libre-penseur, et en quelque sorte, ma muse... d'acajou.

Jugez-en.

L'archi-connu mobilier de n'importe quel tribunal : du chêne, du papier à tenture sombre, des rideaux de même nuance et trois messieurs en robe noire et rabats blancs. A gauche une table avec le procureur derrière, même costume que ci-dessus plus une toque à galons d'or généralement sur la tête, en arrière, crânesquement.

L'audience commença par des broutilles, vagabonds, braconniers, petits voleurs, etc. Quand vint mon affaire, une espèce de silence se fit dans l'auditoire assez nombreux ce jour-là. J'étais un espèce de monsieur dans la région, en outre d'une réputation assez détestable que j'y avais : un de Rais mâtiné de plusieurs Edgard Poe qui auraient compliqué leur rhum et leur cas d'absinthe et de Picon : tel moi dans l'imagination de passablement de mes voisins de campagne accourus à la ville pour voir juger « le Parisien ».

L'interrogatoire fut ce que sont toutes ces formalités. Mais le réquisitoire manqua de ce qu'on appelle modération. J'eusse été un Hérode fondu avec un Héliogabale que les épithètes énormes n'auraient point volé plus dru sur les lèvres de ce G*** avec qui les abeilles de l'Hymette n'ont jamais, je le crains, eu affaire : « le plus infâme des hommes, le fléau du pays, venu pour déshonorer nos campagnes ». (Ça se passait dans les Ardennes et ce G*** est Auvergnat.) « Je ne sais comment qualifier cet individu et je renonce à trouver une expression qui dit toute mon horreur; je la rattraperai d'ailleurs plus tard que dans cette affaire relativement peu importante. » (Venez-y donc, chéri !) telles furent quelques-unes des fleurs de son bouquet... De vérité, de bon sens point question. Et il concluait au maximum qui est — lisez le code ! — la mort. Le tribunal m'appliqua le minimum.

Je ne puis ici ni ne pourrais nulle part jamais remercier ces messieurs de quoi que ce soit, non plus peut-être que de les blâmer puisque j'étais un innocent entortillé, il est vrai, des plus plausibles faux témoignages. Du moins dois-je reconnaître qu'ils y ont, comme on dit, mis du leur en ce cas. D'ailleurs, leur bonne volonté — et leurs Considérants — « Vu l'excellente attitude de l'accusé à l'audience », enfin le bénéfice des circonstances atténuantes accordé, tout cela m'amoindrit l'idée de la prison à refaire et je leur en garde une reconnaissance dont quittance.

La prison de V*** est toute petite : les barreaux sont de bois peint en noir. On jouait au bouchon avec le gardien-chef. On y reste peu, un mois juste avec un jour de plus, je crois, quand la peine doit se prolonger ailleurs. Il y avait de mon temps un corbeau familier, ennemi rauque des peu mélodieux chats de l'établissement, qui, par suite d'incongruités dans des baquets où coulaient des lessives, fut tué d'un coup de carabine par le « patron », et fit d'excellent bouillon. J'ai raconté le fait en détail dans mes « *Mémoires d'un veuf* ».

Dans cette prison si bonhomme j'étais chargé du ménage, épousseter, balayer. A ce propos le gardien-chef me dit un jour que j'avais mal « faite l'ouvrache » l'homme était du Nord, et il ajouta que j'étais plus fort sur l'écriture que sur la peinture.

(Il est bon de dire que j'avais dans le pays une réputation déjà d' « écrivain ».)

J'étais aussi prié tous les soirs de réciter au dortoir le *Pater Noster* et l'*Ave Maria*, — et il paraît que je m'en acquittais bien mieux que mon prédécesseur dans cet emploi. Parbleu ! Et sans trop de peine, vraiment.

Un aumônier venu de Falaise, un village voisin dont il est question dans la *Débâcle* d'Emile Zola, et qui avait été missionnaire en Chine, enterré vivant, nous disait la messe tous les dimanches. Son sermon hebdomadaire, plein d'anecdotes et très gentil, dans ce joli accent un peu anglais des Ardennes se concluait par un poignée de main à travers des barreaux, de bois comme les autres, aux quelques trois ou quatre prisonniers que nous étions.

Cela dura donc un mois au bout duquel, mon amende (500 francs !) étant payée, je sortis en compagnie du gardien-chef avec qui je bus quelques bouteilles d'un certain petit vin de Voucq dont je ne vous dis que ça, dans un cabaret à côté qui s'appelait *Au bon coin* et méritait cette dénomination.

XVIII

Or, de l'ancien *Chat Noir*, aujourd'hui *le Mirliton* — transitions ! — je sortais, quelque soir commençant, quittant les délices de Salis et de l'alors *persona grata* Léon Bloy, le tigre du bon Dieu, et le chat du bon diable, et de Marie Krysinska, et de tant d'aimables monstres, après quelques libations extrêmement prolongées? non! mais peut-être.

Je quittai donc ces délices-là, et me dirigeai, demeurant vers la Bastille, devant une station de fiacres non distante, pour rejoindre mon domicile encore filial...

Mais quel diable, aussi ? me poussant, je voulus réfrigérer par une Seule et dernière absinthe, les autres!

Une erreur de compte, après ensuite d'absorptions, éclata, et je crus devoir réclamer — beaucoup et très haut ! — mon droit.

Et j'appelai un sergent de ville qui me mit immédiatement au poste — et pas trop doucement.

Moi reçu là, le sous-brigadier, ou son supérieur, me fit quitter ma cravate, ma pipe, — et mon porte-monnaie.

Je ne dormis pas, — compagnon d'un ivrogne qui faisait pipi et caca tout le temps dans le lieu interne pour ces besoins.

Mais le matin, à neuf heures, les « sergots » qui avaient passé la nuit à *nous* passer de l'eau dans un gobelet d'étain, le même, en nous disant :

— « Si vous n'aviez bu que de ça, vous ne seriez « pas ici. »

nous libérèrent.

Et, dès neuf heures (environ douze heures d'insomnie et quelle !), je fus appelé par mon nom précédé du mot Monsieur, chez monsieur le commissaire de police (dont le nom pourtant assez connu dans ces parts m'échappe), de la rue Bochard-de-Saron.

Ce « magistrat » ne me dit rien, — en outre de mon nom inscrit sur un registre et d'un reçu donné à l'agent qui m'avait arrêté la veille.

Enfin j'étais sorti de ces drôles de mains-là.

Pour jamais ?

D'ailleurs, tout à mes futures conférences et ruminant rythmes, métrique, rimes, et tout l'embarras de ces sortes de « causeries » sur la poésie française et franco-belge contemporaine, je passais sans trop d'émotion dans cet asile sévère où j'ai tant souffert et tant joui il y a neuf ans de cela.

J'arrive là-bas, je fais mon occasionnel métier d'orateur ou plutôt de lecteur tant bien que mal et obtiens auprès d'un public indulgent tout le succès que je puis espérer. Je savoure pendant quelques jours trop brefs, la cordialité calme, la bonhomie fine et réfléchie de mes nouveaux amis, leurs applaudissements, leurs louanges après chaque séance, les jours suivants et dans les trois quarts des journaux littéraires et artistiques du pays, j'admire cette étrange contrée, toute verdure et toute eau, ces villes à l'architecture traditionnelle — et je reprends presque, hélas ! le train pour Paris. Je repasse à Mons et revois le

« ... Château qui luit tout rouge et dort tout blanc. »

Et cette fois je me reporte au passé :

Le chemin que je viens de faire en littéral principicule, en véritable baron de la finance, sur des juste titre ! Il me fut donné ensuite de revoir à vol d'oiseau, c'est presque le mot, la Belgique autrefois habitée, comme enfant, dans la zone autrefois française des Ardennes septentrionales, nommée aujourd'hui Luxembourg belge, comme homme, et beaucoup plus tard, partout et de différentes façons. Entre autres souvenirs matérialisés fut, à Mons, l'apparition du

« ... Château qui luis tout rouge et dors tout blanc [1]. »

— je veux parler de la prison cellulaire, que je n'avais jamais si bien vue du dehors. Elle est située à l'extrémité de la ville, affectant la forme d'une roue encastrée dans quatre murs constituant un rectangle, le tout terminé par le dôme polygone de la chapelle. La porte d'entrée accotée de pierre grise, a une tournure artistique et joue au gothique assez bien. La patine, peut-être, du temps écoulé et la distance, me la montrèrent alors, comme d'ailleurs le vers dont je viens de citer un fragment, me l'avaient évoqué rouge sang, ces briques qui me paraissaient autrefois, de près et peu d'années après leur emploi, rose pâle presque.

[1] *Amour*, p. 18.

de banque que je rapportais. Mon exaspération à ce sujet me valut dès le surlendemain un désagrément qui eût pu tourner pire, n'eût été ma modération devant la situation donnée. Une querelle très violente dans mon escalier fit venir le concierge qui appela les agents. Ceux-ci, prenant ma colère et sa véhémence pour les suites de stations trop prolongées aux lieux où l'on boit, me fourrèrent, ô pour une heure ou deux... au poste non sans inutile brutalité.

Vous décrirai-je encore ces scènes policières grotesques et, somme toute, abominables plus encore que bêtes ? Assez, n'est-ce pas, d'écœurements de ce genre. Je finis par ne plus en pouvoir à force d'évocations pénibles...

Moi le triomphateur de là-bas, l'acclamé, le choyé à l'étranger, le lendemain de mon retour, au poste ! et même pas gris !

O messieurs de la police française, quelle « gaffe », pour parler le langage qui vous sied et qui vous plaît ; courez donc sus aux malfaiteurs si vous l'osez, et laissez les poètes tranquilles. Ils ne vous regardent pas, dans les deux sens du verbe.

Mais c'est vrai que nul n'est prophète en son pays.

Mais, aussi ! ô le catéchisme de Mgr Gaume, ô

coussins capitonnés, entouré de tout le confortable possible et l'objet de tous égards de la part des employés de tous grades, je l'ai subi jadis, en wagon cellulaire pour descendre d'un panier à salade, dans une cour de pénitencier entre des gardiens de prison et des gendarmes pour escorte.

Là, j'ai d'abord gémi, blasphémé, d'avoir de quels vils, de quels sots, de parfois quels odieux regrets — puis, je l'ai raconté quelques pages plus haut sont venus la conversion — et le bonheur pendant une persévérance de plusieurs années. Le relâchement peu à peu s'en est suivi, puis les chutes à nouveau...

Irrémédiables ?

Peut-être non, car Dieu est miséricordieux et m'a encore envoyé le malheur, ruine dans les circonstances les plus navrantes vraiment, vraiment ! déceptions, trahisons par le prochain *scandalisé* : dame ? aussi ? Peut-être non, Mais cette lâcheté, cette mollesse, cet entêtement derechef dans l'impénitence, entêtement instinctif, quasiment bestial...

Un faux accueil m'attendait à Paris : l'hypocrisie, le mensonge, finalement le vol, habile et cauteleux, comme plausible, de quelques billets de banque que je rapportais. Mon exaspération à ce sujet me valut dès le surlendemain un désagrément qui eût pu tourner pire, n'eût été ma modération devant la situation donnée. Une querelle très violente dans mon escalier fit venir le concierge qui appela les agents. Ceux-ci, prenant ma colère et sa véhémence pour les suites de stations trop prolongées aux lieux où l'on boit, me fourrèrent, ô pour une heure ou deux... au poste non sans inutile brutalité.

Vous décrirai-je encore ces scènes policières grotesques et, somme toute, abominables plus encore que bêtes ? Assez, n'est-ce pas, d'écœurements de ce genre. Je finis par ne plus en pouvoir à force d'évocations pénibles...

Moi le triomphateur de là-bas, l'acclamé, le choyé à l'étranger, le lendemain de mon retour, au poste ! et même pas gris !

O messieurs de la police française, quelle « gaffe », pour parler le langage qui vous sied et qui vous plaît ; courez donc sus aux malfaiteurs si vous l'osez, et laissez les poètes tranquilles. Ils ne vous regardent pas, dans les deux sens du verbe.

Mais c'est vrai que nul n'est prophète en son pays.

Mais, aussi ! ô le catéchisme de Mgr Gaume, ô

ne pouvoir le relire, ne vouloir, peut-être, le relire — et cette fois s'y tenir !

Dieu, néanmoins, est miséricordieux et l'espérance est une vertu théologale qu'il départ plus volontiers :

Seigneur, ayez pitié de nous.

FIN

TABLE

ÉVREUX, IMPRIMERIE DE CHARLES HÉRISSEY

Librairie LÉON VANIER, 10, quai Saint-Michel, Paris

Envoi franco contre timbres-poste ou mandat.

JEAN MORÉAS

Les Syrtes, nouvelle édition 3 50
Les Cantilènes 3 50
Le Pèlerin passionné, nouvelle édition 3 50

J.-K. HUYSMANS

Croquis parisiens, eau-forte, avec portrait 6

STÉPHANE MALLARMÉ

L'après-midi d'un faune, plaquette illustrée par Manet, sur japon 5
Les Poëmes d'Edgar Poe, avec illustrations de Manet, superbe in-8° 10
Le Ten O'Clock de Whistler, [illegible] 2

ARTHUR RIMBAUD

Les Illuminations, La Saison en enfer 3 50

TRISTAN CORBIÈRE

Amours jaunes 3 50

HENRI DE RÉGNIER

Épisodes, sites et sonnets 3 50

VIELÉ-GRIFFIN

Les Cygnes 3 50
La chevauchée d'[illegible] 3 50

STUART MERRILL

Les Gammes 2
Les Fastes 3

LAURENT TAILHADE

Vitraux 3

MAURICE DU PLESSYS

Premier livre pastoral 3 50

CHARLES VIGNIER

Centon 3

ERNEST RAYNAUD

Le Signe 1
Chairs profanes 1

ÉVREUX, IMPRIMERIE DE CHARLES HÉRISSEY

www.ingramcontent.com/pod-product-compliance
Ingram Content Group UK Ltd.
Pitfield, Milton Keynes, MK11 3LW, UK
UKHW012055240726
13965UKWH00004B/1309

9 782013 063227